KB248652

노보살 일진행의
아름다운 일몰

노보살 일진행의

아름다운 일몰

운주사

아름다운 일몰

하루 하루
생은 짧아져간다

사바 인연
하나 둘
놓아가면서
남은 여생

춥지도 덥지도
아래로는
오곡백과 무르익은
옥빛 가을 하늘에
보름달처럼
이 마음도 풍성하게

장엄된
극락세계를 향한
지칠 줄 모르는

일념의 길을

올 때처럼
혼자서도 무난히
찾아갈 수 있을 것 같은
하늘을 떠받칠 나의 기운으로
끊임없이
다가가고 있다

저무는 한 생이
한 점 티 없는
노을빛 속의
아름다운 일몰이길
바라는 이 참 마음

님이시여
간절한 이 염원이
때 맞추어 이루어지길

날이면 날마다 날마다
밤이면 밤마다 밤마다
이 두 손
가즈런히 가슴 앞에 모아

일심 발원하옵니다

일심 발원하옵니다

나무 아미타불

대우주 삼라만상

올 겨울
총총
날린 눈발에
계속되는
강추위는

대지를 한 품에
끌어안은
허공도
얼어붙은 듯

아파트 창으로
내다보이는
대우주
삼라만상

뜨면
지고

얼면
녹고
가면
오고

돌아돌아
헤아려 못다할
만상들 그 모두
가도 감이 아니요
와도 옴이 아님을
실로 느끼게 한다

위대하사 그대
거룩하사 그대

대우주 삼라만상이시여!

행주좌와

일흔의 문턱이
엊그제 같은데
어느새
중반을 넘어
여든의 문턱에 다가 있다

내 이제 그만
금생을 복되히 닫을 즈음이다

올 때
잘 왔듯이
갈 때
잘 가야 함을
알기까지
더 다부지게
공부했더라면
능히
알고 갈 수 있을 텐데

안타깝게도
서원으로 쫓아가고 있네

이 서원만이라도
부디
비켜감이 없기를
행주좌와
일심 발원하옵니다

아미타불

그것이 제일입네

차림이
아무리 멋이 있어도

순진한
마음만 못하리

몸매가
아무리 고와도

따뜻한
가슴만 못하리

천억의
장신구를 지녔어도

선량한
눈빛만 못하리

지식이
달에 이르러도

법계에
지혜만 못하리

다소곳이
내려진 티 없는

그 마음 하나
그것이 제일이네

이것이 내 마음인가봐

기다림도
만남도
헤어짐도
그 모두 내가 만들어

얽히고 엮이며
더불어 살다 감을
늘 감사하며
한 가슴 차오름을
묵묵히 지켜보는

참으로 희유한
이것이 내 마음인가봐

잊음도
잃음도
버림도
그마저 부질없음을

가물가물
수평선 너머로
띄워 보내고
저 먼 허공 속으로
날려 보내는

참으로 희유한
이것이 내 마음인가봐

삶의 모습

넓은 바다 위에
낙엽같은 작은 고깃배
이른 새벽부터
보배구슬같은 생존의 힘이
한 배 짠뜩몰이로
아침햇살을 듬뿍 받으면서
공작새 날개처럼
물살을 지으며
귀항하는 모습
거실 창너머로
그들의 미소가 보인다

땅 속에서
땅 위에서
바다 속에서
바다 위에서
저 허공에 이르기까지

삶이란 터전에서
활기찬 님들의 모습
거룩한 그 속에서
한반도는 숨쉰다
삼천리는 살아 있다

이러히
반만 년을 이어온
위대한 삶의 모습이
영상처럼 지나간다

알몸으로 와서
다시 빈 손으로
한줌 흙이 되어가는 길에
다양한
삶의 모습들은

수평선 너머로
저 허공 속으로
아스라히 멀어져가네

졸음이 오듯 단잠에 들듯

전편의 글을 맺고
파아란 하늘을 바라보며
이 마음 조용히 멈추어진다
와서 가는 길
이만하면 충만에 이르건만
진리 앞에 버티고 선
무상이여

탐진치도 내려놓고
집·애착도 내려놓고
번뇌망상 다 내려놓아

졸음이 오듯
단잠에 들듯
그러히 가고 싶은데
지은 업을 꿰뚫지 못
때가 되기 전에
무슨 말을 하리까

님이시여
일심 발원하옵니다

저에게 남은
최후의 몫을
원만히 이루어가려
앉으나 서나 자나 깨나
한 생각 내려쉬지 않고
온 정성 다 바쳐
수행 정진하며

일심 발원하옵나니
졸음이 오듯
단잠에 들듯
그러히
금생을 닫게 하소서

정월 대보름

애야
청산 가자
보름달
따러 가자

정성껏
예쁘게 따와서
곱게 모셨다가

도반님들
오거들랑

다과접시로
과일 쟁반으로
차 상으로
거울처럼
환하게
차려주자구나

너도 따고
나도 따고
우리 모두 모두
그릇대로
다 따 담아와도

멋쟁이
고운님 보름달은
그대로란다

구름 일기 전에
애야
청산 가자
보름달 따러 가자

몰래 버리고 간 쓰레기

어떤 사람
악업은
스스로 챙기고
선업은
뒷 사람에게 미루는

그 사람
마음도 넓으셔라

뒤따라
거두는 그 사람
마음도 고우셔라

고도의 문명 속에
유익함을
놓치지 않으려
눈이 빤짝이는 시대에

온갖 쓰레기 잔뜩 모아
슬그머니
놓고 가는 그 사람
무주상 보시를
알고 있나봐

나는 버리는
그 복더미를 챙기면서
내게 복을 주는 그 사람
그에게 감사한다

부디
가파른 세상길에
그로 인한
그의 복이 줄지 않기를
참 마음으로 바랄 뿐이다

주고 받는 기쁨

뭐니뭐니 해도
주는 기쁨보다
더 큰 기쁨을
어디에서 만날 수 있을까

주는 기쁨에
궁핍하지 않아
그 깊은 맛을 알면
스스로 무한히 행복하다
얼마나 아름다운가
얼마나 풍요로운가

하지만
각박한 세상 속에
받는 기쁨엔
반드시 돌려줘야 하는
약간의 무거움이 따른다

금생에 받은
소중한 이 몸으로
한 생각 곱게 아름답게
한 마음
더 곱게 더 아름답게

무지개처럼
머물다 가고싶은
나에겐 그들을 향해
알게 모르게 번져가는
참으로
광대한 기쁨이라고
힘주어 말하고 싶은
그런 기쁨이 있다

수없이 많은 날
일체중생들의
건강을 빌고
행복을 빌고

날마다 어김없이
남북통일을 빌고
세계평화를 빌어주는

아주 가벼운 기쁨이 있다

누구에게도
부담을 주지 않는 그런 기쁨
곧 나의 행복이자 충만이다

그리운 사람

그리운 사람은
무척 많은데
가뭄에 콩 나듯
찾는 이 드무니
한 통 전화마저도
일방통행이
쑥스럽기 그지 없네
이것이
짝 사랑인가
짝 그리움인가
누구나를 좋아함도
집착인가
이마저도
소비성이라면 삼가야지

그 모두 부질없음을
말미암음인지라
허허로이

허공에 기대 보며
반쯤이나 열어놓은 듯한
그 마음 창에
노크하기 무척 어려워
볼 일 없이
할 일 없이
세월만 바라보네
가림없이 좋아함도
애착인가
활짝 열어놓으면
얼마나 좋을까

나 누구에겐가
그리운 사람
되고 싶어라
그도 오고
나도 가면
쌍방통행이라
쑥스럽지 않으련만
내 그 마음 전할 길 없어
허허로이
허공 속으로 실어 보낸다
도반의 목소리마저

집·애착이면 놓아야지

그럼 그럼

놓아야지 놓아야지

세상 것을 다 가진 나

파아란 하늘 아래
노을빛이
차츰 옅어지면서
잿빛 어둠 속에
살아나는 네온싸인

그들 형형색색의
혼란스러운 움직임들은
마치 마술에 걸린 듯하다

그 아니게도
천상의 불빛같은
큰 바다 위
광안대교 가로등 불빛
그 아래 상하행선
차량들의 불빛까지
아우른 대장엄을
멍하니 취한 듯 바라보다간

맞은편에
건너다 보이는
수변공원 위로
우람하게도 버티고 선
고층 아파트에서
새어나온 불빛이랑
상층의 조명이
바다 깊숙이 드리워져
뿌리 내린 듯
묻혀 찰랑거린다

순간
허공으로 달려가
이국땅에서 만난
야경인 듯 착각된 나

숱한 날
밤이면 밤마다
반겨 만나
즐길 수 있음을 감사한다

나 오래 전부터
이 마음이 세상 것을

다 가진 부자였는데
이제사 다시 보니
육신의 눈마저도
세상 것을 다 가진
대단한 부자이네

이 모두를
인연 있는 인연 없는
일체 인연들께
제이 제삼 감사한다

피보다 진한 잿빛

팔십의 문턱
이제 남은 길을
조심스레 지나가야 할
정말 소중한 몫이
산더미처럼 버티고 있다

약간의
괴로움이나 아픔 불편함을
잘 견디어야 하며
몸 심부름 입 심부름은
더 더욱 쉬어야 하며
들리고 보이는 것에는
귀를 닫고 눈을 내려

한 생동안 닦은 마음
제대로 부려야 한다
한 마디 말은
보물인 듯 소중이 아끼고

마음은 큰 바다처럼
늘려 써야 하나니
바른 수행 없이는
만만치 않을 것이다

비록 재가 수행이긴 하지만
피보다 진한 잿빛
그 위대함에 젖어가며
원만히 한 생을 멎으려고
죽음마저도 미소로 맞으려
정진의 끈을 늦추지 않는
이것이
나를 다스리는
최후 최선의 길임을
알고 믿어 원만히 지키려
만반의 노력으로

피보다 진한 잿빛
그 향기 속에 머무르며
한 생각 어긋나지 않길
일심 발원하옵니다

나무 아미타불

옛날이야기 (하나) - 봄 나들이

노전암 초행길
완행버스 타고
내원사 입구
국도에서 내려 걷는다
가노라니
목탁소리 차츰 가까워진다

사시예불 중인
법당에 들려
대중 따라 함께 예불이 끝나고
비구니 스님네
정결한 가람을 두루 돌아본다

누렁이 가족이
숫자를 셀 수 없을 만큼이다
기다려 점심공양에 드니
비구니 스님네
손맛이 배인 갖갖

봄나물 찬들로 진수성찬이었다

무언가 새로움은
구하지 못했어도
그냥 하던 일 놓고
오가며 즐거운 하루
곱게 접어 추억으로 보낸다

옛날 이야기 (둘) - 모금 1

강산이 변한 세월 전으로 가본다
월드컵 경기 마지막 날
붉은 상의 차림으로
꽉 매운 사직 경기장
집힌 불꽃은 맹렬히 타오른다

태극기를 업고 안고
활기찬 젊음이 넘치는데

경기장 실바람에
흰 머리카락 수줍어
움추릴 듯 생각했는데

그 아니게도
님 곁에 묵묵히
지켜온 삼십년 세월은
그 어디에서나 대견할 수 있었다

한 시간 남짓
월드컵 열풍 속으로
북한 어린이 모금길에 들어섰다

연인끼리
친구끼리
가족끼리 진을 친 앞앞이
북한 어린이 사진이 담긴
모금함을 두 손으로 받쳐 들고
고개 숙이면서
죄송합니다 조금만 도와주세요
천 원이면
허기진 어린이
일주일분 영양식이 됩니다
조금 아껴 쓰시고 동행합시다

망설임 없는 천 원 한 장엔
감사합니다
고맙습니다
전단지 한 장을 드리면서
이렇게 쓰여지고 있습니다

어떤 이들 망설임 앞에서는

액수에 관계치 않습니다
한 닢 동전에도
동참하는 마음 넉넉합니다
고맙습니다

돈이 없다는 분에게는
전단지 한 장씩을 드리면서
이렇게 쓰여지고 있습니다
한 번 읽어만 봐주셔도 고맙겠습니다

등짐을 실은 듯 이마엔
땀이 송그르는 한 시간여 끝에
천 원짜리 지폐 사만 칠천 원에
동전 보내면 오만 원이 넘는다
그도 해볼 만한 일이었다

옛날 이야기 (셋) – 모금 2

예순일곱 나이로
처음 해 보는 일이었지만
두 손 모으며
고개 숙이며
살아온 세월 안에
불가능은 없었다

그 후 서면 일번가에서
울산 현대백화점 앞에서
세 번째로 이어진 모금은
내게
그 마지막회가 되었다

내것밖엔
내 놓을 줄 몰랐는데
남의 것도 받아낼 수 있었던
소중한 순간을 가져 보면서

이 마음 하나 열고 보면
세상에 어려울 일
안 될 일이 없음을
실로 경험한 좋은 기회
아름다운 추억으로
오래 오래
잊혀지지 않을 것이다

훌쩍 지나가는 세상

오랜 세월 동안
늘여 놓았던 사연들을
거두어 매듭 지으며
대 회향의 마음으로
정겨운 도반들이랑
구상해 보는 나들이길

훌쩍 지나가는 세상 속에
그 훈훈했던 인연들
다시 왔을 때
서로 옷깃을 스친들
지난 생을 모르면 어찌 알랴

그 때를 위하여
가슴 여미어
다부진 정진으로
한 생각 늦추지 않으리다

만남은 헤어짐이요
헤어짐 곧 만남이니
유수같은 세월 안에
한 생은 찰나이어라

알몸으로 와서
세상 것을 누리며
잘 살고 가는 길에
부처님을 만난
대행운으로 복되게도
나날이 업을 알고 보며 가네

이러히 자란 실상
곧 이 마음

법계가 끝없어
허공이 끝없어
저 바다 또한 끝없어도
대우주 사라만상을
내 작은 가슴에
몽땅 담아 싣고

내륙의 바다 충주호

잔잔한 물살 위에
펼쳐 보고 싶다

훌쩍 지나가는 세상
망설임 없이 헤쳐가는
나의 인생길
원만히 한 가닥 한 가닥
선근으로 일구어 가리다

아미타불

엄마의 마음

바닷물이 넘쳐도
땅이 꺼져도
허공이 내려앉아도

한 탯줄을 메고 난
형은 아우를 자식처럼
아우는 형을 부모처럼

사랑이 멈추지 않는 우애로
노끈이 모여서
동아줄이 되듯이

각각이면 넷이
뭉치면 큰 하나 되느니라

사노라면
궂은 날 맑은 날이 있듯이
행·불행이 동반하고 있단다

오는 대로 반겨 다독이며
밀어 내지 말라
내가 짓지 않은 것이
내게 오지 않나니
인과의 법칙을 알고 믿고
받아들임이 최상의 삶이니라

네 쌍둥이처럼 자라면서
서로 떼쓰지 않던
너들 어린 시절
세살 버릇 여든 간다는데
부디 세상 것 유익함을 쫓아
마음 약해지질 말거라

인생 백년 그리 멀지 않나니
한 순간에 도래될
지중한 업을
염념 명심할지면
선인 선과로 영글어가리라

무엇을 남기랴
꽃향기 아무리 좋아도
바람을 거스르지 못하거늘

부디
바람을 거스르는 향기
인간의 그윽한 향기로
일체종지를 얻어지이다

밝은 곳에서 더 밝은 곳으로

어김없이 태양이 솟는다
내 또한 어김없이
새벽 예불에 충만했다
아직은 살아 있는 것이다

어느 날
벗지 않으면 안 될
이 육신을
홀연히 벗어놓고

지은 바 인연 따라
새로운 삶이 시작되는데

허겁지겁 지은 인연
그로 인한 괴로움 만나지면
어느 때에 다시 고쳐 지으리요

바쁜 세상 사람들

불연 곧 진리의 문턱을
기웃거리면서도
지나치기 일쑤이다

혹여 지나쳤더라도
되돌아 찾아 드소서
백년을 머물지라도
밤새 안녕을 뉘 알랴

촌음을 아껴
부지런히 공부하여
밝은 곳에서
더 밝은 곳으로 전전하여

우리 모두
걸림없는 선인선과로
다 함께 행복하여지이다

수행하세 정진하세

별빛마저 들어앉은
칠흑같은 그믐밤
가냘픈 풀벌레 소리에

한 생각 일어남이
수행하지 않으면
저승길이 저럴까

눈을 떠도 감은 듯
감아도 감은 듯

높낮음을 가리지 못
땀이 송그르는
두려움이지 않을까

허겁지겁 옮겨 놓기 어려운
무거운 걸음 몇 천만 근일까

급기야 우리 모두 더 늦기 전에
탐진치 번뇌망상
보따리째 풀어놓아

고추잠자리 메밀잠자리
벌 나비 되어
꽃밭에도 호수에도 쉬어가게 두고

탁 트인 저 허공을 향하여
기다려 주지 않는
세월을 부여 잡고
알뜰히 수행하세
부지런히 정진하세

한 생각 촌음을 아껴
소중한 이 한 몸 여의기 전에
알뜰한 수행자
지혜로운 삶의
대주인이 되어지이다

마하반야바라밀

선착장을 무대로

우리집 거실에서
눈아래 보이는
빨간 하얀 등대가
짙은 빨강색 초록색 불빛을
예쁘게 깜빡이며
문지기처럼 지키고 있는 곳

작은 어선들이
수시로 들락거리는
잔잔한 호수 같은 선착장을

저들의 무대로
갈매기 떼의 연출이
봄직스럽다

구령에 따르듯
잔뜩 모여들 땐
자유와 평화가 고스란히 깃들인

행복이 넘치는 듯한 그들의 삶

공짜 무대에서
저들의 출연료에도 집착 않고
마냥 즐거운 그들을
바라보는 마음 더없이 편안하다

그네들이여
저 허공과도 같은
보시의 대행으로

후생엔
천상의 아름다운
만다라 꽃
만수사 꽃이 되어
이 세간에
충만이 내리소서

마음

여름 가고
가을 오는 문턱에서
시간에 쫓기며
세월에 쫓기며
함께 흘러가는
각양 각색의 삶의 모습들
지금 어디로 가고 있는지
알고 있을까

강물에 종이배처럼
막연히 가고 있는 건 아닐까

그나마
재가 수행이긴 하지만
수행자라는 이름으로
한 세상 살고 갈 수 있음을
더없이 감사한다

진리를 알고
무상을 알기까지
법바지 몇 무릎이 나갔던가

미워함도
사랑함도 아닌
싫어함도
좋아함도 아닌
모자람도
충만함도 아닌
불행함도
행복함도 아닌
내 것도
남의 것도 아닌

삶이란 그것을
몽땅 땅바닥에 내려놓아본다

가슴 밑둥치에서
떠밀리는 그것
아!!
그것 일러 마음이라 불렀던가

오늘을 보내며

꽉 짜인 일과를 마치고
착잡한 방바닥에 누워
부채질을 하며
천장을 바라보는 마음
대지 위에 누워
허공을 바라보는 그 마음이다

불을 켜지 않았기에
별빛마저 물 먹은 듯
한 생각
무상함이 한 가슴 차오른다

이렇게 살고감이
헛되지 않기를 바라는 마음

멋이 있게 마저 살고
멋이 있게 가서
멋이 있게 다시 와서

더
멋이 있게 살고 가기를
구상해 보는 여유로움

아!
이만하면 넉넉하지 않은가
행여 모자람이 있다면
마저 채워가리라

삶

산다는 것
형상 없는 마음 하나
이것만이 내 것인데

어떻게 살을까
청정히 살아야지

아무리 찌든 들
육안으론 볼 수 없어
때 묻기 일쑤다

아무리 청정한들
이 두 눈에 보이지 않아
소홀하기 일쑤다

하지만
내 마음이 보아주는
내 마음이 지켜주는

그것이 소중함이네

무상이 버티고 선
수억만리를
꿰뚫는 진리 앞에
다소곳이
이 마음 하나
청정히 지킬지어다

빈손으로 와서
세상 것으로 잘 살다가
그 모두
두고 갈 것인데

부질없이
탐욕심이 웬 말인가

스스로 지은 대로
받아 쓰면서
더 밝은 곳을 향해

보다 복이 되게
보다 덕이 되게 살고 가야지

그러려면
더 내려질 수 없이
한껏 내려진 마음이 되어
세상을 바라보는
그 마음이 편안하면

스스로
자신이 부끄러움 없는
충만한 삶이리라

목련꽃

행복한 황혼길 표지에
그대 이름 목련꽃
사랑도 사랑도
사랑되고
미움도 미움도
사랑되어
이른 봄을 장엄하는
목련꽃이 되었나요

학을 상징하는 그대 모습
잎새도 없이
알몸으로
엄동설한을 비집고 나와
이른 봄
일체 중생들께 안겨오는
그대 목련꽃

도톰한 꽃잎 낱낱

활짝 피어나면
집·애착 다 놓아버리고
미련없이 낙화하여
바람결에 뒹구는 모습
애처롭지만
성큼 지나가는 계절을
막을 수 없어
아련한 그 모습이
눈가에 남아 맴돈다

이 몸

부모님께 받은
강철같은 이 몸
다산하면서
산후조리는커녕
과수원 농장에서
마치
농기구인 양 부려진 몸

그래도
철수세미마냥
망가지지 않은
이 육신이 너무나 감사하다

십대 초반에
장질부사로
사십대 후반에
좌골 신경통으로
오십대 초반 폐경 때

세 번의 죽을 고비를 넘기며
여든이 고개를 들기까지

수행이란 이름으로
파란만장했던
기구한 운명의 뒤틀림을
순순히 이겨내고
잘 견디어 온
아낙의 여린 몸으로

끊임없는 정진은
국수가닥 같았던 신심이
동아줄이 되기까지
어찌 말로써
말을 이어 갈 수 있으랴

이제 나에게 남은 일
아름다운 노을빛
그 천상에서
우담바라 꽃이 나부끼듯
행복한 황혼길이길 바란다

진정 행복한 고행

참으로 아름다운 고행이
오늘의 일진행을 낳은 것이다

보람스러운
지난날을 돌아보며
이 목숨이 다하는 그날까지
정진에 정진을 거듭할 것이다

육신의 부위부위에서
새로운 신호가
하나 둘 늘어남이
여지껏 살아온
인생의 가치인 것이다

진리와 무상에 근접해
모든 집·애착에서 벗어나
매사를 편안하게
받아드릴 수 있나니
일체 괴로움 쉬어져
인간사 그 모두를
기꺼이 끌어안으며

이 몸 순순히 갈 수 있기를

대발원하고 있건만
행여 오래 머무를까
내심 걱정이기도 하다

이 참마음
불보살님께서
헤아리사 거두어주소서

아미타불

당신의 가르침

하늘보다 더 높으신
허공보다 더 넓으신
바다보다 더 깊으신
부처님 은혜

이 몸을
당신의 제자로
키워주신 그 은혜
어이 갚으오리까

위대하신 님이시여
거룩하신 그대시여

이 한 몸
돌려 보낼 때까지
잠을 줄여
게으름을 줄여
늘려 정진하겠습니다

한 순간을 헛되이
보내지 않겠습니다

늘 제 곁에 계시어
지켜보소서

화려한 세상 것에도
한눈 팔지 않겠습니다
한 마음 주지 않겠습니다
크고 작은 소유에도
치우치지 않겠습니다

세상 것
이 마음이 다 가지고 있습니다
오로지 신심으로
금생을 살고 가려 합니다

다시 왔을 때는
출가 수행자로
여법히
청정히
나보다 너를 위하여
보다 더 밝은 삶을 살겠습니다

당신의 가르침을
단 한 순간도
내려놓지 않겠습니다

아울러
일체중생 그 모두
티없이 맑고 아름다운 삶
더 없이 밝은 삶이 되기를
일심 발원하옵니다

나무 석가모니불

기도의 힘

세상 사람들이
아무도 몰라도
나는 기도의 힘을 안다

허공을 뚫고
지나갈 수 있는 그런 힘
한 순간을 늦추지 않는
한 순간을 방심치 않는 힘

한 생각이 곧
바른 생각으로 이어지는 이것
먹구름을 비켜서
태양을 찾아 오르는
비밀이 숨은 듯한 그런 힘

이 어찌
신비로운 기도의 힘이 아니랴

매사에 그릇됨이 없이
진리를 쫓는 바른 힘
쉬어질 듯 쉬어질 듯
쉬어지지 않는 그 힘
이것이
내 기도의 힘인 줄
내가 알고 행하는
탄탄대로인 것이다

이것이
사십 성상을 쉼없이 달려온
나의 행로임을 확신한다

가파른 고갯길에서
얼어붙은 빙판길에서
몰아 쉬었던 숨결을
이제
조금은 느슨한 마음으로
정진하는 기계처럼
살아가면서
세상을 바라보는 마음
그 누구보다도
편안하고 여유롭다

이런 '기도의 힘'을
세상 사람들은
아는지요 모르는지요
일심 발원하옵니다
일체중생 모두 모두
이 소중한 몸 벗기 전에
부지런히 수행하고 정진하여
'기도의 힘'
그 실상을 알고 힘입어지이다

마하반야바라밀

불꽃튀는 아름다운 정진 (하나)

홍법사 아미타 큰 부처님
점안 일주년 철야정진에 이어
이주년 철야 정진으로
십만 정근을 서원하여
오늘 무난히 잘 치루었다

세 시간마다 이만 정근으로
세 차례 아홉 시간 육만 정근을 하고
천안에서 막차로 오는
도반 성덕도 보살을 마중하고 와서
나머지 여섯 시간
두 차례 사만 정근으로
지핀 불길은 멋이 있게 타올랐다

모아 다섯 차례
열 다섯 시간
십만 정근을 끝내고
꿈속 같았던 시간들을

명상으로 다시 본다

큰 마음으로 아미타 부처님을
바라보는 순간
제가 가고자 하는 날에
원만히 갈 수 있기를 바라는
마음 곧 첫 마음이었다

이어서 아미타 부처님
울타리 망에
촘촘히 매달린 소원지 하나하나
그 숫자를 가늠할 수 없는
많은 사람들의 소원이
빠짐없이 다 이루어지기를
바라는 마음이 나도 모르게
내달을 때 가슴 뭉클하며
눈시울이 뜨거웠으니
이것이 숨길 수 없는
비켜갈 수 없는 내 마음인가봐

큰 부처님 중 엄지 손안에 든
관음재일 새벽달

마치 없었던 듯
온 구름에 묻혔던 조각달이
어느 한 순간
그 많은 구름을 다 밀어내고
한 점 티 없는 허공이 되어
지나다니던 밤 바람은
구름을 쫓아주곤 어딜 가고
별들만이 졸고 있는 새벽길녘
놓칠세라
부처님 손안에 한 줌으로
이 어찌 우연이리요
이 어찌 신비롭지 않으리요

저희가 열다섯 시간 머문 자리
지상에서 이삼십미터 높은
아미타 큰 부처님 앞마당

소국 대국 화분들이 줄지어
굵은 꽃망울을 업고 안고
긴 종일 그 밤을 새워가며
함께 정진해준 이 인연
또한 우연 아닌
깊은 사연 있으리다

불꽃 튀는 아름다운 정진 (둘)

오늘 2012년 10월 10일 7시
십만정근 대정진을 마치고
축·발원이 끝나는 순간

그 밝고도 맑은 일출을
어떻게 표현하면 근사치가 될까

이른 아침
나 여기 왔노라는 듯
소스라친 대광명 대장엄
그 큰 눈부심 앞에
과감하게 엎드려
큰 절 삼배를 올렸다

그 큰 환희심은
이 세상 것으론 비유할 것이 없다
순간의 실상은
위대하신 대 자연

삼라만상의 감응이셨으리라
힘주어 의심치 않는 이 늙은이

여든을 바라보는 노구의 몸으로
일주야 밤이슬을 고스란히 받으며
버틴 억척스러움은
나 자신이 너무 잘 안다

사십성상의 연륜이
함께 했으리라

광명화 보살님의
배려에도 감사한다

이제 오늘의 장엄
국화축제 마당으로 가 본다
한 송이의 얼굴도 피우지 않은
수천만억의 꽃망울을 달고
건강한 모습들이
짝짝이 줄을 지어 대도량을
잔뜩 장엄으로 나섰다

곳곳마다 우릴 반겨주는 듯

오늘의 영광을 한아름 안고

이제 주지스님께로 가본다
늘 밖에서만 반겨뵙던 스님
오늘은 전에 없이
따뜻한 찻잔에서 우러난
조근조근 실다운 말씀들
스님의 미소와 함께
지워지지 않을 메모로
저 허공 속에 남기고
스님 방을 나와
다시 축제 마당으로 간다

사랑하는
나의 도반 성덕도 보살님
밤차로 천안에서 부산까지
그 신심을 담아
소국분에 주차장 핀처럼
일체 중생들의 행복을 꽂아놓고

한 점 피곤한 기색 없이
너무 행복해 하는 도반과 함께
지하철 편으로 우리 집에 왔다

씻고 잠간 쉬어
며늘애기 들여온 국화차 한 잔으로
다시 나가 배웅하고 돌아와 쉬었다

아미타부처님 점안 이주년 날에
아미타불

꿈속처럼

까마득한 지난 시절로
꿈속처럼 다시 가 본다

바람이 불어
아궁이에 불이 안 들일 때는
연기와 불 기운이 내닫는
부엌구조였던
내 풋내기 시절

오십년대 후반
육십년대 칠십년대
대 농가에서
그냥 살아서 움직이는 삶이었다

부엌 강아지처럼
몸이며 옷이며
그을음으로 치장했던 시절
손은 터서 볼품이 없었다

밤이면 소변을 받아 씻으면서
간신히 튼 자국이 아무르면
소나무 껍질처럼 거칠던 손이
지금은 명주고름처럼 고와졌다

그 속에서
죽지 않았으니 살지 않았을까
층층 시하에서
나 자신은 없듯이
복종하며 순종하며
손발이 닳도록
몸은 만신창이 되도록
일을 해야만 했던 시절

탁월한 업의 운명을 짊어진
터널을 빠져 나와
지금은 만나볼 수 없는
꿈속처럼 지난 날이 되었다

영원이란 어느 어디에도
있지 않음을
뼈저리게 실감하면서
업이 무엇인가를 가늠하게 된다

쏜살같은 세월 속에
나날이 전생으로 밀려나는
금생을 보면서
이 마음
추호도 녹쓸지 않기를
제이 제삼 점검하면서
나의 새로운 운명을 위해
무한히 노력하며 살아온
강산이 몇 차례나 변한 세월
한 눈금 다치지 않기를
늘 저울 위에 거울 앞에
오르내리면서 살핀다

꿈속처럼 지나온 길을
공덕의 어머니로 소중히
한 순간을 소홀하지 않는다

아미타불

내가 지은 대로

무엇을 어떻게
좀 새롭고 싶어도

무엇에
다시 새로울 일이 없으니
이대로
얼마를 더 지내야 할까

지금 이대로는
일상의 정진 끝에
누군가들이
괴로움 쉬어지고
건강하게
지혜로운 삶이 되기를
발원하는 그것밖엔
내가 할 수 있는
또 다른 무엇이 있질 않다

곰곰이 생각하노라면
단 하나
가서 다시 오는 길
그 길밖엔
또 다른 무엇을
모색해 낼 수 없어
약간의 안타까움이랄까

하지만
가고 옴 그조차도
고쳐 못할진대
다소곳이 진리 앞에
어찌 무릎 꿇지 않으리요

내가 지은 대로
거역하지 않으리다
기꺼이 맞으리다
기꺼이 순종하리다

아미타불

청정무구한 길 (하나)

시간은 머무르지 않아
지금 이 순간도 가고 있다

와서 가는 길
사람마다 비슷한 것 같은
각각 다른 길이 아닌가

수천만 갈래의 마음이 가는 길
가다가 만나고
만나서 헤어지고 또 만나는
형상 세계와는 달리

삶의 질에 따라
지은 대로 업이 따라 나서는
청정무구한 진리의 길
인정쓰고 선심쓰는
그조차도 막연한 길이 아닌가

참으로 정신 바짝 차리고
살아야지만 한다

업을 고쳐 가는 길
극락에도 지옥에도 있질 않다

다만 형상세계에서
참회하고 닦아 다스릴 일이다

이 육신의 역할이 얼마나
크고 무거운가 알만한데
어찌 허송세월 할 수 있으랴

업에 끌려가지 않고
업을 끌고 갈 수 있는
지혜로운 삶이 되도록
부단히 노력할지어다

마하반야바라밀

청정무구한 길 (둘)

본래로 있는 길
억만년이 지나도
보수 공사가 필요치 않은 길
과연 무슨 길일까

우리 눈에
보여주지 않는 길
무시이래로
이 사바에 들락거리는 나그네의
수수만 갈래의 길이 있다

최상승길인
진공묘유로 향한 길이
있는가 하면
천상 인간 아수라 지옥
아귀 축생에 이르기까지

참으로 회유한 길

이것이 본래의 길이다

청정무구한 진리의 길
탄탄대로로부터
가시밭길 빙판길
오르막길 내리막길
행·불행의 길을
마음대로 만들 수 있는
사람의 힘 또한 막강하다

하지만 무지에서
깨어있지 못하면
어쩌랴 사람 몸 받아
불법을 만났을지라도
이 소중함이 통째로
쓰레기장에 버려짐과
무엇이 다르랴

속속 깨어
이 마음이 가는 길
소소영영 희유한 이 길을
염념 명심하여 행할지어다

계절 가고 나도 가네

높푸른 하늘은
성큼 한 계절을
보내고 맞는다

무한 더위도
계절을 못 이기듯
물러나고
오곡백과 무르익어
넘실거리는 계절로
접어든다

인생도
그 속에 하나이다
아웅다웅 산다는 것도
참으로 별 것 아님이
실로 느껴진다

허허로이

세상을 보는 내 안에
가까스로
삶이란 것이 모여든다

인내하고 배려하는 자
스스로 따지고
인정 받으려는 자
그 모두 제 멋에 산다

마음을 편안히
괴로움을 만들어
키우지 않는 자
그가 지혜로운 자
행복을 아는 자다

반듯한 수행자는
시야가 넓어지면서
세상이 편안히 보아져
불평불만이 없어진다

이것이 수행의 진수이다

대우주 삼라만상

거룩하신 위대하신
그 품에
이 한몸 소우주로
순순히 살지어다
시간 가고 세월 가니
계절 가고 나도 가네

일상에서

사랑이 무엇인가
물어봤더니
사랑 그가
대답이 없네
새록새록 익어가는
꿈 아닌 꿈속 같은
그것이 사랑일런가

행복이 무엇인가
물어봤더니
행복 그가
대답이 없네
서물 서물 물안개처럼
피어오르는
그것이 행복일런가

괴로움이 무엇인가
물어봤더니

괴로움 그가
대답이 없네
부서져 아리는
산산조각난 마음
그것이 괴로움일런가

기쁨이 무엇인가
물어봤더니
기쁨 그가
대답이 없네
가슴에서 미소로
환희 번져가는
그것이 기쁨일런가

충만이 무엇인가
물어봤더니
충만 그가
대답이 없네
뿔뿔이 흩어진 마음
오롯이 모여드는
그것이 충만일런가

여섯 휠체어와 보낸 하루

오늘은 내 일생에
특유한 인연의 만남이다
몸이 자유롭지 못한 여섯 분들
그 분들과 함께 보낸
국화축제마당 홍법사에서의 하루
불편한 몸을 휠체어에 담고
밝은 모습으로 만났다
스스로들 장애인이란
벽을 가볍게 뛰어넘은 그들과
티 없이 활짝 웃는 모습으로
함께 즐긴 시간들
만날 때는
약속 시간을 맞추기 위해
두리발 장애인협회 차 등을 이용하고
돌아오는 길은
보호자는 대중교통으로
휠체어는 각각 운전하여
노포동에서 만나 지하철편으로

아무런 불편함이 없이
서로들 헤어졌다

나에겐 생애 처음 있는
뜻 깊은 날이었다
점심공양 후식까지
야무지게도 챙겨온 그들은
교통사고 소아마비 등등으로
자유롭지 못한 몸으로도
한 점 구김 없이 환한
천사 같은 그들과
점심공양을 함께 하면서
그 속에서 무척 행복했다

하온데
내가 할 수 있었던 일은
소국분에 그네들 이름으로
건강 성실 사랑 행복
기쁨 충만이란 핀 하나씩을
꽂아주면서
그들도 나도 함께 기뻐했다
또 다른 역할은 후원에서
떡과 과일을 챙겨다 주고

포트에 커피물을 끓여오고
도량네에서 제공하는
국화차를 가져다 마시는 등의
역할로 즐거운 하루
넓은 도량네를 두루 돌고
건축문화의 덕분으로 사층까지
돌아볼 수 있었다
저녁나절
면면이 손을 잡고
정겨운 인사로 헤어졌다

사바 인생살이

때로는 바람 불고
때로는 비 내리며
때로는 눈보라도 몰아치는
사바 인생살이

더러는 아쉬움
더러는 괴로움
더러는 원망으로
얼룩지면서

내일을 바라보며
지쳐 쓰러지지 않는 삶
그것이 희망이었지요
그것이 행복을 기다림이었지요

옥빛 하늘에
하얀 눈썹달이
가면서 오면서

몰래 몰래 만월이 되듯이

사바 인생살이
한마음 여미어
다소곳이 사노라면
복의 과보 도래되어

때로는 사랑으로
때로는 기쁨으로
때로는 충만으로
알찬 행복이 영그르리다

계산 없는 아름다움

섣달 그믐
또 한 해를 보내고 맞으면서
영하 십도의 강추위에
백발이 성성한 이 육신으로

옛집에 업을 모르는 이들이
막무가네로 내다 버린
쓰레기 더미를 분리수거하려는
마음따라 나선 이 육신이
지체없이 말끔히 거두었다

사대로 흩어보낼 이 육신
능력껏 보람되게
쓰고 보내고 싶기 때문이다

더러는 힘들 때도 많았지만
하고자 하는
그 마음이 앞장을 서는데

조복된 육신이 어찌 마다하랴

이렇듯
계산 없는 삶에는
신장이 따라 나서서
보호해 줌을 확연히 느낀다

나 자신을 송두리채 내려
탐진치를 거두어들일 때
세상은 참으로 아름답다

유익함을 떠난
계산 없는 아름다움
번뇌들도 함께 따라나서는
소리 없는 그런 아름다움

그야말로
실로 아름다운 아름다움이라
힘주어 말하고 싶지만
세상 사람들의 흔한 마음엔
담기질 않고
흘러 지나갈 뿐이니
나만이라도 찾아 즐기리다

불법

부처님께서
문이 없이 열어 놓으신
진리의 대도

그 진리 앞에서
인과를 알면
내가 심어 내가 거두는
도리를 안다

무엇을 심어
무엇을 거둘 것인가

빈부귀천을
마음대로 심어
흥부 놀부의 박 넝쿨에
박이 열듯
빈부귀천을
마음대로 거둘 수 있는

진리의 희유함

하온즉 골라잡아
선을 심어 키워
선이 주렁주렁 열 것이니

수확의 기쁨 또한
한가슴 차 오를 것인즉
어찌 꼭두새벽부터
감사 예불 올리지 않으리요

두 손 모아 무릎 꿇고
큰 절 올리옵니다

나무 석가모니불

청정으로 가는 길 (하나)

계사년 정월 초여드레
약사재일이다

불연으로
마음에 새겨 담긴
청정으로 가는 길
이 한 구절만으로도
가슴 설레며 신심이 일어선다

오늘은
새벽 예불에 이어서
재일 지장경 완독을 하고
법화경 완독까지 할 수 있었으니

늘 그랬듯이
시간은 날 기다려주지 않는다
잡고 쓰는 것이 내 것이다
꼬박 밤을 새워 써도

시간은 화내지 않는다
게으름과 핑계가 나설 뿐이지
시간 그는
호리도 게의치 않는다

희유하사
시간 곧 세월

파란만장한 이 세간을
비집고 따짐도 없이

어쩜
흐르는 물처럼
여여하기만 할까

그가 바로
진리와 무상의
산실이 아닌가

복되게도 내 영혼은
그 속에서 날마다 날마다
청정으로 청정으로
살찌워 간다

청정으로 가는 길 (둘)

가도 그 자리
와도 그 자리
돌아 돌아 늘 그 자린데

사람들은
만상을 허공에 매달아 놓고
헤아리며 넘기며
기다리며 지킨다

자고 깨고
가고 오고
먹고 배설하고
씨앗뿌려 수확하고
이 육신
벗고 입고
울고 웃는

희로애락 그 모두

다람쥐 쳇바퀴 돌듯
제자리걸음인데
달리 무엇을 구하랴

탐진치 번뇌 망상으로
애태우는 마음
쪼여들어 바늘구멍 같거늘
가슴 활짝 열어
마음 크게 늘려보면
저 허공을 담고도
남음이 있는 우리 마음
얼마나 자랑스러운가

애꿎은 욕심 때문에
밤낮으로 괴로움을 키워
세상 것을 구걸하며
스스로 가난을 부른다

빈손으로 와서
빈손으로 가는 길에
참 주인 없는 세상 것
눈이 가지고
손이 가지고

몸이 가지려 애쓰는 이
얼마나 초라한가

마음이 가지면
무겁지도 거추장스럽지도
그것을 알기까지

그로부터
이 마음이 세상 것을 다 가져
구걸할 일 추호도 없었으니

이 두 손에 지문이 다 닳도록
엎드려 절하며
집·애착 다 놓아져
부처님 닮아가는
청정으로 가는 길에

죽음의 우려마저 벗어놓은
청정한 내 영혼일지어다

아미타불

깨달음으로 가는 길

내 전생을 어떻게 살았던가
수행이 모자라
장님처럼 더듬어본다

내 금생은 어떤가
철없던 시절
약간의 철든 시절
노년기 그 모두
좀 더 멋이 있게 잘 살 것을
때는 늦었다
버스는 지나가 버렸다

하온데
다음 생이 만판 기다려지는 건
그 무슨 배짱인가

때로는 나도 모르게
내가 없는 것 같은

그런 멍청함도 있다

숱다히 많은 세상 것
어째서 더 좋은 것이 없는가
어째서 더 맛있는 것이 없는가
어째서 더 싫은 것이 없는가
나는 나에게 물어본다

왠지 나도 몰라
세상 사람이 다 좋아하는 것
나만이라도
그림에 떡 보듯
강 건너 불 보듯
그럴 수 있음이 다행이지 않는가

그 바보스러움을
나는 무척 사랑한다
고로 밀어내지 않고
정 주고 사랑 주며 함께 산다

깨달음으로 가는 길
행여
이 마음 내려 쉴 곳 있으면

슬며시 내려 쉬어도 될까

아하! 이것이 나였구나
깨달음으로 가는 길이었구나

마하반야바라밀

나의 신심으로

까마득히 가버린
사십 성상을
한 순간 내려놓지 않았던
나의 신심으로
저 허공을 채워갈 것 같은
이 마음
헤아려 어찌 다하리오

겹겹이 쌓인 업이
나도 몰래 녹아내리고

아물거리는 아지랑이 속을
날으는 노랑나비처럼
해맑은 영혼이 되어

오는 생을 맞을 만반의 준비로

어느 한 순간도

잊지 않고
놓지 않고
잃지 않는
이것이 금생에 남은 과제다

아침햇살이 돋아나면
스스로 사라지는 밤이슬처럼
이 육신을
흔적 없이 벗을 수 있다면
얼마나 멋이 있을까
그럴 수 없으니 어쩌랴

오직 나의 신심으로
조용히 살며시
벗어놓고 갈 수 있기를

수수억만
일심 발원하옵니다

아미타 부처님

아름다운 지구촌

이 세상에서
별 것 아닌 것 같은
가장 소중한 하나

자기가 자기를 바로 보는 것
자기가 자기를 바로 아는 것

한 마디 말이
불씨가 되지 않게
천만금을 초월하는
고귀한 삶을 살지어다

자기만의 치우침으로
착각된 어리석은 삶은
스스로
독을 먹고 사는 삶이 된다

누구를 원망하랴

자신이 짓는 업인 것을

그 삶의 해독인
진리의 특효약이 다가가면
그 순간을 놓치지 말지어다

인정받는 삶이 곧 살아 있는 삶이다

살아서도 죽음과 같은 삶은
세상이 아무리 넓어도
가진 것이 아무리 많아도
나 홀로 외로운 삶이 된다

함께 어우러져
서로 아끼고 사랑하며
배려하는 삶이 된다면

이 지구촌이
가까스로 장엄되어
법이 없이도
마음에서 마음으로
일구어지는
아름다운 지구촌이 되련만

인과의 도리를 알지 못
안타깝게도
그 마음들이 어디까진가

나와 너의 한생

다행히 사람의 몸으로
와서 가는 길이건만
무상이 겹겹이로다

육신의 요소요소마다
그 기능을 다 해줄 때는
건강하다 말하겠지

어느 한 부위 탈이 나면
병이 났다 아프다 말할 테지

애간장 끓이는
백약이 무효해
그 기능이 멈추면

젊음도 늙음도 아랑곳없이
한 생명 떠나보냄을
죽었다 말하죠

어느 누구라도
오지 않으면
가지 않으련만
오면 가야 함을
진리라 말하니
어찌 뛰어넘으리요

이러히 멎는
나와 너의 한생

이 한 몸
보내기 전에
이 한 마음
송두리째 다 바쳐
지혜로운 참사람
성숙한 삶으로
여한 없이
살고 지고 살고 지고

우리 모두

이승 저승 간엔
아직 전화선이 이어지질 않았다오
밤새 안녕을 어찌 알리오
살아계신 부모님껜
계실 적에 내 목소리
가끔 들려 드리라우

오늘날을
어젯날처럼 생각 말고
항상 깨어 있어
조금은 억울한 듯
조금은 손해인 듯
다소곳이
보리로 등불삼아 행할지면

행여 어려움을 만나도
진리가 나서서 막아준다오
하늘이 무너져도

선신이 떠받쳐주는
그만한 공덕이 쌓일 수 있도록
우리 모두는
오늘을 소중히
내일을 위태롭게
하질 말자우

선도 악도
모이면 군단이 된다오
부단히 노력하여
선인선과를 거두어지이다

마하반야바라밀

핑계 속의 게으름

어차피 가는 시간
그냥 가게 두지 말라
작은 하나라도
시작이 반이라
시간 가면 얻어진다

어차피 가는 세월
혼자 보내지 말라
핑계 속 게으름을 뒤로 하고
끈질긴 신심으로
잡고 따라 갈지다

이런 저런 핑계 곧
게으름이다
지난 시간 다시 오지 않나니
소중한 순간순간
진금에도 비유치 못

하지만
조복되지 않은 여린 심신
작은 핑계 속에
큰 게으름이
숨어 있음을 알지 못
밀리기 일쑤다
늘 깨어 다스릴지어다

부처님의 법비

태양이
먹구름을 벗어나듯

자욱한
안개가 걷히듯

가뭄에
단비가 내리듯

우리 마음
먹구름을 여의고

짙은 안개에서
가벼이 벗어나

부처님의 법비 곧
생명의 단비를 맞으며

밝음으로 전전하는
활기찬 나날이 되어

희망이 싣고 오는
행복의 대도에서

일체중생들 모두모두
꿈속에서 깨어나
반야의 저 언덕에
이르러지이다

일체종지를 얻어지이다

마하반야바라밀

준비하는 마음

이리 저리
쫓기는 삶에서
홀홀 벗어나
나만의 시간
소중한 시간을
마음껏 키워갈 수 있는 나
얼마나 다 다행한가

밤새 안녕을
항상 염두에 두고
하나 둘
정리하는 정겨운 그 마음
늘 내 곁에서
떠나지 않는다

삶이
천년이나
만년이나처럼

생각하노라면

어느 날
갑자기 맞아야 할
죽음 앞에 쉽사리
굴할 수 없어
당황할지면

몸은 가도
그 마음은
쉬 받아드리지 못
어찌
가벼이 떠나겠는가

늘 깨어 있어
훌훌 떠날 수 있기를
행주좌와
한 마음 잔뜩 실어놓고

일심 발원하옵니다

나무 아미타불

소중한 인연

허공이 형상 없듯
마음 그도 형상 없으나

하나 속에 일체 있고
일체 속에 하나 있듯

마음속에 허공 있고
허공 속에 마음 있나니

진리의 화신이신
석가모니 그대시여

당신이 밝혀놓으신
진리의 대로에서

불법의 희유함을
육안으로 감지할 수 없어도

실상으로 만날 수 있는
이 소중한 인연으로

우주의 기운 같은
당신의 기운 실은 저희

수수백만 절을 해도
이 몸뚱이 닳지 않았습니다

세세생생
님의 법 안에서
여법히 살겠습니다

나무 석가모니불

우둔한 업을 깨고

나 이 세간에 올 때
누가 보내서 왔는가
누굴 따라서 왔는가
오고 싶어 왔는가
그 아니게 왔는가
사방 팔방 상하방이
별빛마저 없는
그믐밤 같아 알 길이 없네

다행히도 늦게나마
부처님을 만났기에
스스로 지은 업 따라 옴을
알게 되었으니
그나마 다행이지 않는가

이제라도
우둔한 업을 깨고
오는 생만이라도

알고자 하는 마음

매양하는 정진
더 다부지게 하려는
그 마음이 나서서
일심 발원하옵니다

세상 것 쫓아
휘청거리는
먹고 입고 쓰는 그 모두

줄여 쓰고
줄여 놀고
줄여 자고
늘려 정진하여
우둔한 업을 깨는 데
혼신을 다 하는 불자로

한 마음
내려쉬지 않겠습니다

자연의 신비 (하나)

아직 냉기가 서린 대지를
애써 비집고 얼굴 내민
쑥 냉이 달래
그 가녀린 몸으로
어느 누구의 부축도 없이

스스로
즐겨 인욕하면서
즐겨 보시하는

숭고한
특유의 맛으로
억만년 세월을

인내와
사랑으로 지켜온
모방할 수 없는 그 맛

인간의
상상을 초월한
오묘한 자연의 신비

늦을세라
봄을 나르는 모습

미세한 들꽃에서
우람한 노송에 이르기까지

인간의
게으름을 일깨우듯

자연의
움직임들 어느 하나
멈추어 있질 않다

그 모두는
위대한 이 땅의 장엄들
거룩하시어라
장하시어라

자연의 신비 (둘)

평화로이
꼬드기던 계곡물이

한 순간에
억센 폭우가 덮치어
짓눌러도

그냥 그대로
순순히
흘러갈 뿐

아름드리 노송이
밤사이
내린 눈의 무게를
견디며
신음하다가

끝내 이겨내지 못

홀로 비명 지르며
내려 누울 뿐

자비로운 대자연의
풍요로움은
어느 하나
투덜대거나 시비하지 않는다

그 모두는 탁월한
수행자의 후신인가봐

대자연의 힘 실어

대자연의
숭고함 속에서

자애로운
어머니 품 속 같은

신비의 이 땅 위에
동행하는 우리 모두

사노라면
숱한 괴로움이
따를지라도

대자연의 힘 실어
싫어하거나
미워하지 말고

진리의 뜻

업의 몫으로

순순히
받을지어다
따를지어다

그 모두
멈추어 있지 않아
지나갈 뿐이어다

업을 보는 수행자

같은 하늘 아래
같은 태양 아래
같은 땅 위에서

육로로 수로로 항로로
서로 오가면서
이 지구 위에서
함께 살아가는
우리 중생들

고도의 문화로
지나친
물질 만능시대를 맞아
자칫 악업에 밀리어
선업이 발 붙일 곳 우려된다

이런 것을
잘 산다고 말할 수 있을까

물질 만능이
인간 만능을 불러와도
끌려가서야 쓰겠는가

불법을
공부하는 이라면
진리인 업을 보는 수행자
업을 가려 짓는 수행자로
성숙해야 한다

선과 악
그 누구도 끼어들 수 없는
자기만의 선택이다

팽팽한 정진의 끈을 잡고
심신이 조복되어가도
늦추지 않는 그것이

곧 완벽한
수행임을 알고
묵묵히 행할지어다

희유하사 우리 마음

저 먼 허공
저 큰 바다
이 넓은 땅
저 태양
저 은하의 별들
이 대자연
어느 하나 신비롭지 않으리요만

보다 더 오묘한
신비로운 신비로움

행주좌와
닦아가는 이 마음
비유할 곳 다시 없이
희유하여라

몰래 버리고 간 쓰레기
말없이

미소로 거둘 수 있는
그 마음
미움이나 나무람이
사랑으로 돌아드는
그 마음
더 좋고 더 나쁜 것이
어디로 다 가버린
그 마음
아주 작은 것에서부터
큰 것에 이르기까지
불평 불만이 가신
그 마음

참으로 희유하도다
불연이 아니었다면
입고 먹고 가지고
쓰는 그 모두
악업이 줄줄이 매달린 것인데

다행하게도
그 악업에서 벗어나
바라밀행에
다가갈 수 있었으니

무한히 감사롭다

부처님 은혜 속에 깃들인
가없는 가피임을
두 손 마주
가슴에서 우러나는 고마움으로

이 영혼이 다 할 때까지
희유한 이 마음
닦으며 여미며 살으리다

법화경독경 서원을 하면서

충북 진천 보탑사
왠지 도량에도
스님께도 끌리는 마음
필히 내가 모르는 어느 생에
깊은 인연이 있었나 보다

도량네를 두루 돌면
스님네의 애절함이
가슴으로 모여든다

즐겨하는 법화경독경
범어사 스님네 부도에서 하루
감로사 마애삼존불전에서
삼일간
삼천불전에서 삼칠일

이따금 나의 도량에서
즐겨 독경하지만

진정 꼭 한번 하고 싶은 곳
보탑사 법보전
거룩한 성전에서
인연 지어진 도반들이랑
환희심나게 독경을 하고 싶다

일정이 잡히는 대로
어우러진 독경소리
도량네 두루 차서

저 법계로
허공계로 번져간다면
부처님께서
얼마나 기뻐하실까
가슴 설레어온다

이 인연 공덕으로
오는 생엔
아미타 부처님이 설법하시는
극락세계 연꽃 속
보배자리 위에
태어남을 그려보면서
시작이 반이란 말

나에겐 생각이 반이다

옹고집처럼 쫓아온 길
지금은 여든의 문턱이라
조금은 힘들 줄 알지만
일어서는 마음을 어쩌랴

선량한 시간은
잡고 매달려 가도
곤혹스러워하지 않는다

하지만 기다려 주지도
돌아와 주지도 않는다

놓칠세라 힘주어 잡고
부지런히
수행하고 정진하면
초초마다
유익함이 풍성하리

기회는 매양 있지 않은데
핑계 곧 게으름이다

이 몸
곽 안에 쓰려고 아낄건가
가는 날에 후회한들
때는 이미 늦었다

이 육신
가벼이 벗을 수 있기를
일심 발원하면서
육바라밀행에도
인색하지 않을지어다

나무묘법연화경

대불전 회향공양 (하나)

정성껏
대불전에 회향공양 올리오며
저희들
님께 철야정진 할 수 있었던
희유한
그 인연 부처님의 뜻이옵지요
일천배
공양 올려 백여덟 번 님을 돌 때
마지막
일보일배 엎드려 큰 절 올리며
희열에 찬
가슴 안고 울먹이던 그 밤을
온 정성
다 바쳐서 무량광 무량수여래
그로부터 백여 일 후
그때 마음들이 다시 모여서
당신을
우러러 십만 정근으로 지샌 그 밤

희유하게도
그 허공에 두루 찬 미타의 꽃송이
충만으로
채워졌던 님의 가피였으리
절절히
파고든 신심의 깊은 뿌리엔
그 많은
핑계 게으름 그들 모두 비켜섰네
힘주어
잡은 가사자락 놓치않고 그대로
이 목숨
멎는 날 추호의 두려움 없이
세세생생
그대 따라 그대 닮으며 살리라
위대하사
님이시여 무량광 무량수여래

나무 아미타불

대불전 회향공양 (둘)

깊은 마음
대불전에 회향공양 올리며
백팔염주
사려감고 두 손 마주 힘주어
서방정토
극락세계 무량광 무량수불
님의 실상
명상으로 큰 장엄 이루옵고
환희지의
은방울을 굴려 내리면서
가슴에서
울려나는 깊은 목소리는
천만고에
걸림없이 집·애착 내리며
남은 세간살이
하나하나 흩어 보내면서
내 이제
그대 품으로 돌아가렵니다

이 육신
멈추는 날 그대 왕림하소서
엎드려
큰 절 올리며 그대 따르리
구성진
내 목소리 내 두 귀로 들으며
내 이 마음
다 바쳐서 목청껏 부르리
떠밀리는
그 목소리 점점점 줄어들면
지체없이
당신 품에 영영 안기렵니다
위대하사
그대 무량광 무량수여래

나무 아미타불

매 독경을 마치고 나서

그대 거룩하신 님이시여

저희들
천안에서
진천에서
대전에서
강릉에서
부산에서
오직 신심으로 모인 님들

사방불을 모신
청정도량 보탑사 윗층
법화경전을 모신
거룩한 성전에서

사흘동안
매 법화경 완독을 하면서
불연의 소중함으로

그 광대함과
고귀함을 되뇌이며

겹겹이 쌓았던
방편들을 허공처럼 열고
저희가 독송한
경전 속 무한 공덕을
법계 만방에 회향 하옵니다

(첫째 날과 둘째 날은)

님이시여
시종을 지켜보소서
기뻐하소서
저희도 무한히 기쁘옵니다
나무 석가모니불
나무 묘법연화경

(마지막 셋째 날)

님이시여
오늘이 그 마지막 날입니다
시종을 지켜주시고

기뻐하셨음을 감사드립니다

저희들 마음
또한 이를 데 없이 기쁘옵니다

나무 석가모니불
나무 묘법연화경

주지스님과 깨진 목탁

스님
드리고 가려던 목탁이
그만 깨지고 말았어요

그래요
하시면서 깨진 목탁을
받아 안으신
만면에 잔잔한 미소가
가득하신 고우신 그 모습이

지금도 아른거리며
육안을 떠나지 않는다

가슴으로 스며드는
포근한 그 모습이
너무나 고우신
관세음보살님이시었다

그 깨진 목탁을 안으신
행복이 넘치는 듯한
스님의 모습은
언제까지나 지워질 수 없는
영원한 모습으로
내 작은 가슴에
보물처럼 깊숙이
묻혀 있으리다
스님 고맙습니다
감사합니다

나무 묘법연화경

사흘 동안 스물일곱 시간
법화경 삼독의 흔적으로
향수림 향 한 갑과
깨진 목탁 하나

치닫는 신심이 나서서
죄 없는 목탁을
얼마나 때렸는지
그 몸이 망가지기까지
얼마나 아팠을까

순순이 얻어맞기만 한
새로 산 목탁이
본래 깨진 것처럼인
그 모습을 보고
그 아픔을 참느라
내심 얼마나 울었을까
용서를 비는 마음
미안 미안 미안이로소이다

독경을 마치고 돌아와서

꿈속처럼 지나온
삼박사일간
돌아보니 분명 꿈이 아니었다

억 천 백의 아름다운
여러 꽃과 나무 장엄됨이
도리천의 정원같은
보탑사 그 도량에
상주하는 모든 분들
사바 천상분들이리라

그렇게 성스러운 도량
법보전에서
법화경 독경 삼일간
우리 또한
천상 사람이 된 듯했다

이렇듯

마음이 하고자 하는 일
어느 하나
그대로 지나 보내지 않는
옹고집 같음을
스스로 사랑한다

법화경 독경 회향에 이어
도반 부부의 따뜻한 배려로

내륙의 바다
충주호 유람선상에서
보탑사에서 가져간 과일로
선상 대중공양을 할 수 있었던
충만한 대회향은
가슴 뿌듯했다

이 지구를 다 얻은 듯
저 허공을 다 가진 듯한
그 큰 마음으로
더욱 정진할 것이다

그 삼일 후
부처님 오신 날

큰스님 회중에 둘러앉은
법담들 하나하나
그 모두가
법화경전을 지나가는 듯한
신비로움으로 느껴졌다

내가 만들어가는 갖갖
미묘한 꿈속같은 길
내 스스로
충만을 만끽하면서

동참해 주시고
배려해 주신 모든 분들
쉼없는 정진으로
다함께
일체 종지를 얻어지이다

나무 묘법연화경

연화행 보살님

독경을 마치고
충주호로 가기 위해
천안에서 묵는다

그때
연화행 보살님께서
늦은 시간에
두 딸 돌배기는 업고
유치원생은 앞세우고

우리 숙소에
아침 공양으로 지어온
대추 넣고 인삼 넣고
끓여온 영양죽
두릅 무침에서
여섯 일곱 찬으로
갖갖 과일까지

이튿날
맛있게 잘 먹었다고
문자를 보냈더니
다음과 같이
답이 보내왔다

보살님
이렇게 감사할 수가 없습니다
제 마음을 보셔서
맛있게 드셔 주셨으니
제가 더 행복합니다
부족한 솜씨지만
언제 또 이런 기회가
올까 싶은 마음에
집에 있는 대로
준비해서 송구스럽고
미리 준비된 정성을 다한
청정공양이 되지 못한 게
죄송스럽습니다
항상 일체중생을 위하시는
보살님께서 아무런 걸림 없이
속히 성불하시기를
정말정말 두 손 모아

응원드립니다
늘 건강하십시오 라고

이렇게들 선량한 님들의
가지가지 베풂 속
가없는 고마움의 은혜
두루두루
엉겁토록 잊지 않으리다

연화행 보살님
고맙습니다 감사합니다
이 세상에서
복의 과보 충만하소서

(일진행 합장)

눈물 (하나)

서러운 듯
아름다운 눈물
가슴
그 어느쯤에서
불끈 솟는
태양처럼
왈칵 솟는
뜨거운 눈물

기쁠 때나
슬플 때를
어쩜 그렇게도
알뜰히 챙겨
적절히도
그 모습을
드러내놓는
열정의 눈물

따뜻한 가슴
비집고
아픔도 사랑도
한 품에

끌어안은
애틋한 그 이름
눈물이시여
그대
사랑합니다
존경합니다

눈물 (둘)

정겨운 그대
천길 만길
가늠할 수 없는
그 어떤 곳에서
모르는 척
외면치 않고
때와 장소에
적절히도

자연스레
그 모습을 드러내는
인간의 가장 고귀함을
간직한 눈물
그 농도는
얼마나 진하고도
뜨거울까

희로애락

세상사연 따른
감성의 주인인
거룩한 그 이름
눈물이시여
그대
사랑합니다
존경합니다

실상의 아름다움

걸림없이
바라보는 세상은
무한이 편안하건만
순간 순간은
말없이 멀어져간다

가슴에 모닥불이 지펴져
조용조용 번진다
무엇을 구하려
어디로 가는 것일까

은애와 은혜로
엮이고 얽힌 세상살이
묻어 두고
속절없이 가야 하나니

저 진공으로
내닫고자 하는 마음

가까스로
수행의 면모를 갖추려
떠밀리듯 쫓아온 길
돌아보니
천만 다행하게도
이 빈손의 소중함을
한 가슴 실어놓았네

이제사
마음 푸근히
실상의 아름다움을
노래할 수 있네

나무 아미타불
나무 아미타불
나무 아미타불

조용조용 살고 가세

어김 없이
시간이 가듯
어김없이
세월 또한 간다

세상 만류는
그 모두가
세월 먹고
늙고 낡아
무너지게 마련이다

단 하나
실상인 진리와 무상
그들은
긴긴 세월에도
낡도 늙도 않는다

그들

대우주 법계의
실상 앞에
감히
만물의 영장이라
인간이 나서도 될까

조용조용
목소리 나즉이
으시대지 말고
살다갈 일일세
엉거주춤
설쳐본들
무거운 업과만
늘어날 뿐일 것이니

이 세상에서
복의 과보를 받을 수 있는
삶이 되도록 노력할지어다

언제쯤일까

내가 만들어 가는 세계
보이는 것
들리는 것
만나는 것
그 모두를
으련히 부처님으로 보아
눈 맞추어 미소지으며

명상으로 만난 듯
아름다운 추억 속
아름다운 미래 속
아름다운 꿈 속
아름다운 동화 속
아름다운 전설 속처럼

저 수평선
맞닿은 곳이 되어

내가 만들어 가는 세계
태어남도
무너짐도 없이
진리의 부분
무상의 부분이고 싶다

언제쯤일까
기다림에 지치지 않고
끝없이 끝없이
수행하고 정진하며
그날이 있기까지
쌓고 또 쌓으며 가리다

님의 소리

쟁쟁거리며
영혼의 소리인 듯
들려오는
적막의 소리
두 눈을 감아 봐도
두 귀를 닫아 봐도
어김없이 들리는 소리

마치 밀림 속인 듯
정글 속인 듯
끊임없이 들려오는
적멸의 소리
심히 깊은 가슴으로
스며드는 소리

그 속엔 깨어 살라는
님의 소리가 있다
아침햇살처럼

피어나는 소리 속에
도란도란
가없는 행복이 숨어 있다
모두 모두 귀 기울여
부디 부디
행복한 삶 누리소서

업을 아는 사람

우리 인간을 제외한
모든 중생들은
업이 무엇인지 알지 못
유일하게
우리 불자들만이
그 업이란 걸 좀 더 안다

하지만
알고 여법히 짓는 자
가뭄에 콩 나듯
극히 드물 것이다
업을 아는 사람
악업을 비켜 선업을
지을 것인즉
이 세상에서
복의 과보
좋은 과보를 받는다

그는 인간의
실상을 장엄함이다
진리
무상
보리
지혜 등등
실상의 대장엄이
보다 위대한 장엄들이다

우리는 만물의 영장
육안보다는
밝은 심안으로
업을 아는 사람이 되어
선악의 업을
가려 행할 수 있는
지혜로운 삶이 되어지이다

부정보다 긍정으로

지난 세월 겹겹이
들추어 가며 마치
남의 일인 듯 다시 보면서
한 백년 살고 감이
영상처럼 스쳐간다

그 속에서
셀 수 없는 희비의 연속으로
울고 웃으며 보낸 세월
석양에 아름다운
흰 머리에 깊은 주름살이
말없이 나를 지켜왔다

가고 옴이 따로 아닌
진리 속에서
내가 심은 대로
순순히 거두어드리며
한 눈금 모자람도

초래치 않은 나의 정답
곧 비결은
행복한 고행이었다

미혹해서 알지 못할 뿐
전 전생에서부터
이어진 불연이 있었으리라
새삼 생각하게 된다
부정보다 긍정으로
금생을 닫을 수 있음이
무한히 감사하며

영원으로 이어갈 이 마음
추호의 흠도 티도 없이
아름다운 묘법 속에서
청정으로 영원을 살리라

쉬어 넘을 고갯길

여든을 눈앞에 두고
밤새 안녕을 오지랖에 싸안고
쉬어 넘어야 할 고갯길

남은 삶
보다 한가로운 삶으로
내 몫에 충실하면서
앉은 자리를 뜰 때는
짐이 되지 않을 곳을 택해
연중 몇 차례
만사를 놓고 저승 가듯
그 어느 어디에도 걸림 없이
느슨한 마음으로
작은 배낭 속에
내 전부를 담아 메고
이승길 뜨기 전에
허공길 거닐듯이
한 생의 해재를 맞은

행객이 되어
허허로히 떠돌아보고 싶은
간절함을 가슴에 묻는다

유월의 어느 날

예로부터 전해 오는 말
삼세판이란 말이 있다
지금의 나를 두고 한 말인 것 같다
붓을 잡기 이번이 세 번째
기어이 해보고 싶은
붓글쓰기
아직은 익숙지 않아
매 짧은 시간으로
오래 이어가기가 첫째 항목이다
핑계와 게으름을 밀고
단 십분이라도
먹을 갈고 붓을 든다

종이와 먹 벼루 붓
어느 하나도
새로 장만하지 않았다
사오십 년 된 옛것이다
꼭 해내리라는 마음 있었기에

수차례 이사 중에도
묵묵히 가지고 다녔다

일흔여덟 나이로
스승도 교재도 없이
혼자서 먹을 갈고 붓을 들어
상상의 글체를 만들어간다
짧은 글귀 하나
모래알 속에서 세계를
들꽃 속에서 하늘을
손바닥 안에서 무한을
머리엔 지혜가
가슴엔 사랑이
그리고 항상
손에는 일이 있으라 라는
보탑사 주지스님께 받아온
글귀를 우선 즐겨 쓴다

짤막하면서도
지구를 움직일 수 있는
깊은 내면의 글귀를
멋이 있게 쓸 수 있을 때까지
쉬지 않고 쓰리라

다짐하면서 좀처럼
늘지 않는 글 솜씨에
조금은 안타깝지만
그래도 떠밀고
열심히 쓸 것이다

오체투지 절을 하면서

바람이 담장을 뛰어넘지 못
돌아서 가듯
이 마음 열지 못해
그대로 닫아 놓으면
괴로움의 뿌리 깊이 내려
행복은 밀려나고
충만은 점점 멀어진다

스스로
그 마음 다스리지 못하면
대우주의 재해처럼
소우주에도 부실함이 생긴다

우리 불자는 다행하게도
오체투지 절을 하면서
몸과 마음을 함께 다스릴 수 있나니
건강이 지켜지고
지혜가 자라나

신심과 함께 충만이 넘치는
소중함을 지닌
고귀한 존재임을 명심하고
오체투지 절을 하면서

이 마음
한 순간도 내려 쉬지 않겠습니다.

나무 석가모니불

길

인간 세상에는
천 갈래 만 갈래 길이 있다
법계엔 엄연히 진리가 있어
그 과보 또한
천 갈래 만 갈래 길이다

업이라는 그가
중생들의 한 생각 한 행위마다
잽싸게 달려와
그 업과를 챙긴다

피할 수도 뛰어넘을 수도 없는
그것이 과보의 길이다
바로 그 길에서 우린 살고 있다

선악의 과보는
너무나 분명한데
찰라를 어찌 방심하랴

늘 깨어 있어 업과의
두려움을 알고
이 세상에서 복의 과보

선과를 지어
행복을 누리는
지혜로운 삶이 되어지이다

꿈이 있는 곳에서

가없는 허공
가없는 대해
가없는 마음
가없는 진리
가없은 묘법
가없는 지혜
가없는 청정
가없는 꿈이 있는 곳에서

인간의 본분으로
인내와 양보로써
탐진치 줄어들고
겸손이 몸에배어
배려가 자라나면
괴로움 쉬어지고
행복은 도란도란
눈웃음 미소로써
오가는 길목마다

사랑이 들꽃되어
명예나 빈부귀천
그들이 물러앉은
삼천리 방방곡곡

참신한 꿈이 있는 곳에서
진정 열린 마음들이
모여서 살아가는
그런 삶이 그리워
다음생 다시 오면
한생을 쏟아보리

사람기계

동녘이 밝아온다
어제처럼 오늘도
하던 그 일을 또 하면서
하루가 시작된다

누가 작동해 주지 않아도
스스로 필요에 따라
작동되는 사람기계
참으로 희유하다

부처님께서는
이천육백여년 전에
깨달음을 얻으시고
하신 말씀이 계신다

이상하다 이상하다
중생들이
여래의 지혜를

구족하고 있으면서도
알지 못한다고

졸리면 자고
배 고프면 먹고
찾아 일하고
찾아 쉬는

어느 누가 작동해 주지 않아도
스스로 작동하는
아주 멋이 있는
희유한 인간기계
참으로 존경스러운
영리한 기계다

허공으로
물속으로
땅 위로
물 위로
마음 내면 이 지구 끝
저 달나라까지
가고도 남음이 있는
움직이며 돌아다니는 기계

스스로 자전하며
공전한다는
찬사를 보내고 싶다

그에게 사뭇
충만한 인성만 갖추어 간다면
그가 바로
참부처 되는 유망한 기계다

고도의 삶의 질만을
높일 것 아니라
인간 기계의 본질인
인성이 고도로 성숙되길
간절히 간절히
발원하는 마음으로 간다

마하반야바라밀

생각의 차이

한 생각이
한 마음을 움직이며
한 몸이 따라 나선다

그러므로
반듯한 수행과 정진이 없이는
유익함이나
게으름 핑계 따위에
질질 끌려가기 일쑤다
그는 곧 계산 있는
삶이기 때문이다

계산 없는 삶의 소중함을 알면
육신이 농땡이를 부려도
밀리지 않아야 하며
우선 유익함에 속지 않아야 한다

이것이 진리 곧

불법을 공부하는 자세이다
가깝게는 이 세상에서
멀리는 다음 세상에서
손실없는 복의 과보
좋은 과보를 받을지니

모쪼록 수행의 본분으로
계산 있는 삶에
휘말리지 않아야 한다

다만
실상을 쫓아 살 수 있어야
참사람의 본질이다
그 선택의 기준은
자기만의 것이니 지혜로운 자
지혜롭게 행할 지어다

마음의 작용 (하나)

구름 걷히고
잔잔한 은하의 별빛이
서로들 다투어 빛을 발하니
지상의 들꽃처럼 아름다워라

좋고 나쁨에
치우치지 않으면
한 세상 살면서
좋고 좋고로니와

있고 없고에
매달리지 않으면
한세상 살면서
부자 부자이로다

마음 그가 늘
청정을 간직하면
한 세상 살면서

청정 청정을 누리리

행·불행이
따로 있지 않은데
한 세상 살면서
마음 마음이 지음이로다

충만을 항상
가까이에 두면
한 세상 살면서
충만 충만이 넘치리라

아름다운 도반

행복한 고행으로 만난 인연
선덕화 보살님 부부
만 삼십년 긴 세대 차이로
이따금 찾아주는 고마움을
이렇게라도 표현하고 싶다
울산에서 부산까지
해마다 한 차례씩
부부동반으로
이번엔 평일이어서 보살님 혼자
바쁜 세상 사람들 속에
네 번째 만남이다
피와 살의 인연도 아닌데
가슴이 시릴 만큼 고마운 도반
옷깃을 스쳐가도 모를 늙은이를
수차례 일부러 찾아주다니
너무나 감사하다

전복죽으로 점심공양을 하고

동백섬을 돌아
홍법사로 가려던 것이
따가운 햇살에 밀리어
바로 홍법사로 갔다

층층이 부처님을 뵙고
법당 보살님 방에서
커피 한 잔으로
쌓인 이야기 꽃을 피웠다
부처님 이야기
가정사 이야기로
해는 어느덧 서녘에 기울었다
도량네 두루 돌아
마을 식당으로 가는 길에
주지 스님도 만나뵈었다

저녁 공양을 하고
마을버스편으로 노포동에서
서로 반대 방향으로 헤어졌다

이쁘디 이쁜 모습
곱디 고운 마음이
가슴에 묻힌다

선덕화 보살님
이 인연 공덕으로
이 세상에서
복의 과보를 충만히 누리소서
안녕히

억만년의 법

세월은
계사년 상반신을 싣고
어디론가 사라지고
무더위와 장마를 실은
칠월이 시작된다

한 백년도
순식간이다
도르래가
우물 속을 오르내리듯
왔다 갔다
그 모두는
생멸의 반복인 듯

문명은
하늘을 치닿아도
인간의 생멸 곧
진리와 무상 그들을

앞지를 수 없음은
본래의 실상을
뛰어넘지 못함이다

우주
법계
자연
생멸
진리
무상

그들이 인간의 두뇌
고도의 문명에 굴하지 않음은
세월이 가도 그들은
억만년의 법 곧 실상이기
때문이다

예우하면서
순종해야 할 일이다
세월에 쌓이고 묻히면서
악연이 되지 않게
최선을 다해
지혜로이 살아갈지어다

그 세월 물처럼 바람처럼 (하나)

해집히며
아무르며
지켜온 세월

억울함도
순순히
견디었던 그 날들이

물처럼
바람처럼
떠난 세월

묵묵히
돌아보니

잊은 듯
잃은 듯
버린 듯

님의 말씀
가슴에 새겨온
그 세월이

먼저 울고
뒤에 웃는
인내의 삶이었네

아! 그 세월
흐르는 물처럼
지나가는 바람처럼

그 세월 물처럼 바람처럼 (둘)

숱한 아픔
달래며
이겨온 세월

울고 또 울었던
그마저
운명이었거늘

물처럼
바람처럼
가버린 세월
돌아보아

잊은 듯
잃은 듯
버린 듯

그 모두

기구한 운명의
밤새 안녕을 지켜준
은혜의
세월이었네
굳건히 다져진
그 마음은
보다 편안함으로
영그르네

아! 그 세월
흐르는 물처럼
지나가는 바람처럼

세상은 무한이 아름답다

하나 둘
작은 배려가 모여서
사랑 되고
그 사랑이 자라서
괴로움 쉬어지니
그 괴로움 쉬어져
행복이 되어 가네
그 행복이 차오르니
충만이 되어
그 충만이 불현듯
나보다
너를 위함으로 번져가네
때에 돌아보니
세상은 무한이 아름답다
잘 영그른
벼 이삭처럼
잘 영그른
과일처럼

이 마음도 아름답게

한생을
마감해 가는 길에
저 먼 하늘가에
피어오른 연꽃 한송이
눈 감으면
아련히
그대로 남을
실상의 그 모습
세상은 무한히 아름답다

다시 태어난 듯

세상사 그 모두
부질없음을 되뇌이며
가던 걸음 멈추어 보는
이 마음
머문 그 자리에
머물러 있을 뿐이네

간다는 온다는 조차
다 헐어내고
망부석처럼
마음없는 그 마음으로
여지껏 살아옴을
없었던 듯
내가 아니었던 듯
그 모두를 세월에 실어
제 마음대로 보내고

다시 태어난 듯

손에도 가슴에도 마음에도
버려질 세상 것 담지 않고

오면 오게 가면 가게
그 모두를
자연처럼
사계처럼
편안히 바라보리라
마음 붙잡아 타이른다

계사년 유월 일일

세월은
또 반 살을 더 먹여간다
어물어물 하다가
가야 할 것 같은 느낌이
새삼 고개를 든다

무상은 어깨를 겨루고
흥겹게 지나다니고
불생불멸이라는
진리의 크신 말씀은
대우주 삼라만상을
한 품에 품고 있으련만
중생들의 근기엔
나고 죽음이 줄 서 있다

잘 살기도
호락호락치 않고
잘 죽기 또한

호락호락치 않으니
애써 노력하여
좀 더 잘 살아서
좀 더 잘 죽을 수 있도록
잔잔한 호수에
달 그림자 보듯
자신을 잘 살펴보아
탐진치 집·애착에
자신의 강약을 잘 알고
다스려야 할지다

원만한 바라밀행으로
자신을 이끌 수 있다면
어둠에서
밝음으로 전전하는
지혜로운 삶이 되어
잘 죽을 수 있는 길이
트이지 않을까
믿어 의심치 않는다

나무 아미타불

계사년 중반을 넘으며

어슬렁 겨울을 보내고
완연이 봄이 오는 사월
하지만 날마다
눈이 내리는 인제 산골법당
선량분들이 사시는
선량한 도량을 다녀오는 길에
양양 휴휴암을 들리고

꽃이 피는 오월에는
각원사 대불전 대중공양차
하룻밤 묵고
아름다운 분들이 머무는 곳
진천 보탑사엘 다녀오는 길에
충주호를 거쳐 왔다

날로 더위가 더해오는 유월엔
대구 원만심께로 일정이 잡혔다
세간살이에 밀려나서도

갈 곳이 있다는 것
얼마나 다행한가
우두커니 먼 산을 바라보는
지루한 노년기도
얼마나 괴롭겠는가
나에겐
정진이란 큰 일이 있고
약간의 집안일도 도운다

대전에서 횡성으로 이사간
도반 대광명 보살님이
자기 집에 며칠 묵으면서
그곳 명찰을 돌아준다는데
당장 나서지는 않았어도
훈훈한 배려에 무한한
감사함으로 두 손 모은다

마음내면 움직일 수 있는
이 소중함을 간직한 채
계사년 중반을 지나간다

하얀 바람

칠월의 한 더위
실내 온도가 삼십도
간간히
파도에 밀려오는
서늘한 바람이
고층 아파트 대각으로 열린
작은 창문을 기어넘어
나의 공간까지

저 큰 바다 짙푸른 파도의
넋인 하얀 바람
그의 산실은 저 넓은 바다

아래로 온갖 생명과
숱한 보물들이 자라고 있는
해수 천지간의 이색 세계
누구나 다가갈 수 없는 곳

하지만 영상으로 볼 수 있었던
미지의 세계
만상이 살아 숨쉬는 곳
상상으로만 더듬을 수 있는
형상 세계를 빠져나와
나에게까지
그조차도
인연의 만남일까
한 생각 한 생각마다
감사함이 충만에 이른다

우리도 부처님처럼

이천육백여년 전
피골이 상접한
님의 모습을
항상 가슴에 새겨 담아
오늘의 정진을
소홀하지 않는다

오늘 가면
다시 그 오늘이 오지 않는다
아낌없이 정진하리다
핑계 곧 게으름이니
걸리지 않고 정진하리다
게으름 역시 핑계이다
막강한 정진의 투자로
내생의
진귀한 덕목을 쌓으리다

어영버영하면

아니함과 같으니라
고도의 한계를 뛰어 넘을 때
실상의 세계에서
실상을 만나
마음의 결정체가 표출하리라
부처님을 향한 우리 마음
언제까지나 언제까지나
부처님 닮으며 닮으며 또 닮으며

만세에 등불이 되어지이다
만만세에 대등불이 되어지이다

나무 석가모니불

수수억만사랑

사랑 사랑 셀 수 없는 사랑
그가 나를 사랑하지 않아도
나만의 짝사랑일지라도
그들 모두를 사랑하리라
한 사랑
열 사랑
천 사랑
만 사랑이 아닌
수수억만 사랑을 하고 싶다

낡은 옷
낡은 신발에서
내가 밟고 다니는 흙
내가 차고 넘어진
돌부리까지도
남김없이 사랑하리라
미세한 들꽃에서
저 허공에 이르기까지

지구 통째로 사랑한들
금생에 못다 할 사랑
두고 가야 할 사랑이기에
남은 생 사랑 사랑 사랑으로
거적자리처럼이라도
얽으며 엮으며 살리라
가슴 넓힘대로
마음 열림대로
늘려 사랑하다 가리라

낮잠 한숨처럼

기다림도
만남도
궁금함도
다 풀어내고

한 생각
지혜의 산실인
님을 생각하면서

기쁨도
슬픔도
그마저 내려놓아

미련도
후회도 없이 가야 할
단 한 갈래 길

졸리는

낮잠 한숨처럼

괴로움도
행복도 다 쉬어 놓은
그런 삶으로
그림처럼
마음 안에 그려보지만
아직은
살아 있으므로
육신에 입히고
먹이고를
떠나지 못해

남은 삶
보다 단조롭고
긍정적인 삶으로

마지막 순간을
졸리는
낮잠 한숨처럼
편안함으로
맞을 수 있기를
일심 발원하면서

이 생에
마지막이 되어가는
대 정진을
더 다부지게 이어가는
이것은
내가 선택한
최후 최선의 길이다

아미타불

마음의 작용 (둘)

모든 것은
오로지 내가 만든다
충만은 충만을 만들며
충만을 키워가고
괴로움은 괴로움을 만들어
괴로움이 자라나니
그 모두는
현실의 작용보다
마음의 작용
그 역할이 더 큼을 알지어다

세상 만사는
내 마음이 짓는다
짓지 않으면 받지도 않는다

그러므로 내게 오는
괴로움이나 즐거움은
남의 것이 아닌 내가 만든 내 것이다

칼날 같은 진리에서 오는
자신의 몫인 줄 확연히 알면
삶의 편안함이 스스로 느껴진다
이것이 충만으로 가는 충만이
충만으로 이르게 되나니
마음 곧 잘 다스릴 지어다

아마타경 백팔독경 서원

홍법사 상상층에
아미타 큰 부처님
점안 삼주년이 도래된다
그 아래 아래층에
삼천 아미타 부처님
점안 일주년은 시월스무여드레
이삼주 앞당긴
계사년 시월 초열흘
아미타경 백팔독 큰 서원으로

파아란 가을 하늘을
멀리 머리 위에 이고 앉아
여덟 시간
여든의 노구로도
일어나는 마음을 거역지 않고
순순히 행하려 한다

실은 이 육신 아껴

어디에 쓰리요
힘겨울지라도
능력껏 쓰고 보내야지

지수화풍 사대로
흩어질 이 몸뚱이
그도 후회 없이 가기를
바라는 이 마음
한 생의 인연인 마음 따른
이 몸뚱이 그도
숱한 정진의 힘으로
사대로 돌아가
자연의 뜻에 순순히 응하여
우순풍조에 거역함이 없기를
대 발원하며
계사년 시월 초열흘을
기쁜 마음으로 기다린다

나무 아미타불

안개

좀처럼
사라지지 않을 것처럼
자욱하게 내린 안개
법계가 무슨 사연 있었던 듯
바람 한 점 없이

산도 바다도
높 낮은 빌딩도 저 오륙도도
다 묻어놓고 근심스러운 듯
눈앞에 사물조차도
흐릿하니 괜히 마음 쓰이네

바람이 달려와 주기를
바랄 뿐이지
나에겐 아무런 대책이 없다

바람 그가 살며시 다가와서
고운 몸짓으로 달래주면

세상 사연 다 내리고
부끄러운 듯 그 모습 감추면

태양은 힘주어
크게 활짝 웃으리라

자연의 신비로움에
흠뻑 젖은 마음
그도 무지개처럼
고와라 아름다워라

순리요 진리기 때문에

남의 집을 터는 것
물건을 훔치는 것만이
도둑이 아니다

더 좋은 것
더 많은 것
더 멋이 있는 것에
마음이 기웃거림도
그 결론은 마음 도둑이다

스스로
지은 바 없는 것을
기웃거리기 때문이다
지은 대로 받는 것이
순리요 진리기에
누구나 세상 것에
모자람을 부르는 자
번뇌 망상을 뒤로 하고

수행 정진을 앞세워

어젯날의
그 마음을 뛰어 넘어
바라밀행을 원만히

보이고 보이지 않음을
가까이 나누고 배려하면
복의 과보는 점점 자라서
시절 인연이 도래되면
반드시 만날 것이다

지은 대로 받는 것이
순리요
진리기 때문에
능히 이루어질 것이니
허망하지 않으리라
믿고 행할지어다

지혜로운 자
진리에 순응할지어다

마하반야바라밀

바다는 요술쟁이

이사온 지 한 달 남짓
오륙도를 품어 안은
우리집 앞바다
바라보고 앉아
독경하고
염불하고
붓글도 쓰며
잔잔한 글귀도 읊으며
하루가 지난다

낚시터엔 날마다
뙤약볕에서 밤 낚시까지
삼사십 명의 낚시꾼이 스쳐간다

수평선 먼 바다엔
산더미 같은 큰 배들이
서서히 보이지 않는 움직임으로
이동하는 모습을 본다

지금 이 순간에도
동백섬만큼이나 클 것 같은
흰 배가 멈춘 듯 움직이고 있다

지난 어느 날 밤은
저 먼 수평선 위에
대단지 아파트가 생긴 듯
휘황찬란한 불빛으로
야경이 장엄스럽기도 한
바다는 요술쟁이

잔잔한 물결 높낮은 파도는
태양의 움직임
바람의 움직임에 따라
각양각색으로 우리 눈에 든다

장난기 있는 물고기들이
물 위로 뛰어 오르는 모습도
심심찮게 볼 만하다
큰 고기들이 높이 뛸 때는
철석 물소리가 들리는 것 같다
두 번 세 번 연달아 뛰기도 하고
큰 고기가 멀리 높이 뛸 때는

어머나 소리가 저절로 나온다

오륙도 아래로 큰 둑이 있듯이
보여올 땐 아래 바다가
큰 댐처럼 보이기도 한다
때로는 잔잔한 고운 물결이
멋이 있게 세계 지도도 그려낸다

그 큰 몸짓으로
천 갈래 만 갈래
온갖 재주를 부리는
바다는 요술쟁이
정말 정말 대단한 요술쟁이
그 많은 물
그 큰물을
밀었다가
당겼다가
보면 볼수록 생각하면 할수록
더 멋이 있는 요술쟁이
바다는 요술쟁이

창밖의 풍경

동백섬 아랫길엔
맑은 날 비오는 날을 아랑곳없이
색색의 양산우산으로
줄을 이어 있고
오륙도 일주 관광선은
하루 종일 바다에 떠다닌다

구월 중순
먼 바다 은빛으로
출렁거리던 물결이
정오 무렵이 되면서

태양의 각도
파도의 각도가 일치되어
수행자의 깨달음처럼
바다의 대도
대대 장엄으로
바라보는 가슴마저도

대장엄에 이른 듯 출렁거린다

다이아몬드를 뿌린 듯
눈부시게 큰 빛을 발하더니
차츰 황금색으로 다가가면서
엄청난 빛을 뿌려댄다
자연은 멋쟁이
바다는 멋쟁이
때로는
금가루를 뿌린 듯
옥가루를 뿌린 듯
아주 옅은 분홍빛
별천지가 되기도 한다

내 마음이 지켜보는
오늘의 바다
유난히 멋이 있는 바다
당신은
멋쟁이 멋쟁이 멋쟁이야
너무 아름다워

이 순간
나는 바다가 되고 싶다

먼 바다
아무리 멀어도 외롭지 않을 것 같은
저 먼 큰 바다가 되고 싶다

지금 가까운 바다에는
수상스키 요트 풍선들이
긴 종일
심심찮게들 즐긴다
바라보는 마음도
대단한 즐거움을 누린다

유난히도
아름다운 오늘의 바다
오륙도 아랫마을에
벚꽃이 만발한 듯하니
이 어쩐 일인가
이 무슨 일인가

꿈인 듯
매료된 현실 앞에
자리를 뜰 수 없네

나는 바다에 산다

하늘 맑은 날
정오 무렵이 되면서
앉은 자리에서 바라보는 바다

파도와 태양의 각도가
일치되는 순간이다

가까운 바다는
주먹만한 다이아몬드가
번쩍거리고
먼 바다는
금모래를 뿌리듯 반짝이며
더 먼 바다는
벚꽃이 만발한 듯 장엄한데

이 순간을
누가 지켜봐 주겠는가
이 대장엄을

일체 중생들이 다 볼 수 있다면
그 마음들이 얼마나
풍성하고 넉넉해질까

정오를 지나 보내면서
점점 더 가까이로
벚꽃 단지를 몰고 온 바다는
일렁거리는 물결이
벚꽃가지가
마치 바람에 흔들리듯 보여온다

바다는 요술쟁이
정말 정말 멋쟁이
나는 지금
바다에 매료되어
바다에서 산다

움직이는 태양 따라
차츰 자리를 이동하면서
또 다른 형상들을 그려낸다

나는 날마다
이 바다에서

가슴 넓히며
마음도 가없이 열어간다
마지막 그날까지
이대로 살다 갈 수 있을
고마움을
내게 닿은
여러 인연들에게 감사하면서
나는 바다에 산다

일몰의 기쁨

뜨면 지고
지면 뜨는

일출의 기쁨도
무한 크려니와

일몰의 기쁨은
더더욱 크다

일출의 길은
가는 길이요

일몰의 길은
다시 오는 길이다

모르고 와서
갈 뿐이기보다

부처님을 만난
크나큰 인연으로

나를 알고
만들어 갈 수 있기에

와서 감도
소중하지만

가서 옴이
보다 소중하거늘

내 작은 가슴
일몰에 더욱 설레인다

인류 일대사

오면 기뻐하고
가면 슬퍼하나니

다시 옴을
헤아리지 못함일까

다시 올 길
탄탄히 닦아놓고

그날을 기다리며
잔잔히 깔아놓은

마음의 기쁨은
억천만금이어라

일몰의 기쁨으로
따뜻한 가슴 뜨겁다 못
시려질 만큼이나

내게 다시 없는
대망의 기쁨이외다

하늘 마알간 날
아름다운 일몰같은

희열에 찬
가없는 기쁨을 안고

어느날

행복한 미소로

가벼히 떠나고 싶은
이 염원이
충만되기를
간절히 발원하옵니다

나무 아미타불

도반들의 목소리

일진행 보살님
지금처럼 늘 건강하세요
우리 모두에게 큰 어른이신
일진행 보살님 사랑합니다
(2011. 1. 3. 천안 성덕도 님께서)

지난 해 일진행 보살님 인연되어
넘치는 사랑 가피 받았습니다
새해 복 많이 받으시고
늘 건강하세요
언젠가 또 뵐 수 있으라 기다리며
있지 않겠습니다
(2011. 1. 3. 강릉 해인심 님께서)

안녕하세요 묘월광입니다
아무리 보아도 보살님은
보물이십니다
(2011. 1. 14. 성남 묘월광 님께서)

자비하신 어머니시여
오늘도 당신을 그려봅니다
인고의 세월을
훌륭히 아름답게 사신이여
사랑합니다 정신 차려
닮아보려 애써봅니다
기도 중에 너무 행복합니다
늘 곁에 계셔서……
(2011. 1. 18. 천안 대덕심 님께서)

보살님 마음 찾을 수 있는
기회 주셔서 너무나 감사합니다
놓치지 않고 열심히 정진하겠습니다
(2011. 1. 18. 천안 만월행 님께서)

보살님 덕분에 기도 잘 했습니다
항상 고맙게 생각합니다
(2011. 1. 26. 여련화 님께서)

보살님 고맙습니다
오는 일요일은
경인 송년 (납월 막 이레)
철야 정진이 되겠고요

다음 일요일은
신묘 신년 (정월 초나흘)
철야 정진이 되겠네요
일부러 맞춘 듯 멋이 있네요
(2011. 1. 26. 일진행 합장)

미처 생각 못했는데
정말 그렇네요
역시 보살님다운 발상이군요
저는 덤으로 감사 감사…
(2011. 1. 26. 여련화 님께서)

편안하신지요
토굴 왔다가는 길이예요
차 속에서 늘 봅니다만
오늘은
한 마디 올리고 싶어서요
늘 그리움만 더해지네요
다 멋진 글이지만
묘법 너무 멋지네요
가슴이 찡하네요
보살님 덕분에
행복한 묘월광 합장

(2011. 2. 20. 성남 묘월광 님께서)

보살님 귀한 책
정말 감사합니다
오래 오래 건강하셔서
저희에게 힘이 되어 주십시오
사랑 사랑 사랑합니다
(2011. 3. 23. 여래성 님께서)

일진행 보살님 너무 기쁩니다
이제서야 일독 마쳤습니다
감사한 마음
법화경전에 백팔배 올렸습니다
크나큰 선물을 주신 보살님
뵙고 싶은 마음 문자 보내고
보살님께 삼배 올리겠습니다
세상 모든 것 다 얻은 듯
행복합니다
기쁜 마음으로 정진하겠습니다
나무 묘법연화경
(2011. 3. 26. 천안 성덕도 님께서)

철야정진 하던 그날

낭랑하신 법화경 소리에
뒤돌아보곤 했습니다
보살님의 고운 책 받아들고
예사롭지 않던 느낌
그대로 경이롭고 감동입니다
가슴으로 듣겠습니다
(2011. 4. 8. 대구 보현심 님께서)

도반들께 보내는 답글

사랑하는 도반님들
고맙습니다
과찬의 말씀들에
송구스럽군요
여러 도반님들
하찮은 늙은이를
잘 봐 주서서
너무 너무 행복합니다
호흡이 멎을 때까지
온 정성 다 바쳐서
정진하겠습니다
감사합니다
(2013. 9. 일진행 두 손 모음)

마지막이 될 이 글을 닫으며

일심 발원하옵니다
일체 중생들 다함께
삼보에 귀의하여
부처님 법 안에서
육근청정
심중 소구 소망 무장 무애
만사 여의 원만 성취
지혜 충만하여지이다

일심 발원하옵니다
병고에 시달리는 모든 분들
속득 쾌차하여
온 인류는 건강하게
백년을 향수하여지이다

일심 발원하옵니다
유연 무연 유주 무주
법계에 모든 영혼들이

일시에 이고득락
극락왕생
상품 상생하시어지이다

일심 발원하옵니다
우리나라 남북통일이 되어
세계 속에 불국정토로
만세 만세
우순풍조 세계평화
만만세하여지이다

일심 발원하옵니다
이 몸 벗어놓고 다시 몸 받을 때
의젓한 남자 몸 받아
부처님의 상수제자가 될 수 있는
여법한 출가수행자
지혜 충만한 수행자가 되어지이다

일심 발원하옵니다
이 몸 벗고자 하는 날에도
오늘 지금처럼
예배 정진을 하고서
원만히 이 육신을 벗어지이다

나무 아미타불

일심 발원하옵니다
이차인연공덕을
법계 만방에 회향하옵니다

일진행 |

1936년에 태어났다. 결혼 후 시조모님과 시어머님을 따라 절에
다니기 시작하였다. 처음에는 단지 기복적인 바람만을 가지고
불교를 믿었으나, 40대에 집안의 큰 어려움을 겪고부터 정법에
눈을 뜨기 시작하였다. 이후 불교란 자기를 다스리고, 자기를 만
들어 가며, 자기의 운명을 바꾸는 길이라는 믿음으로, 스스로 계
획을 세워 긴 세월 동안 스님만큼이나 엄격하게 신행생활을 해
오고 있다. 지난 삶의 기록이자 신행생활의 자취를 담은『노보살
일진행의 행복한 황혼길』(시집),『노보살 일진행의 행복한 고행』
(수행일기)과『허공 속의 무영탑』(시집),『내 마음속 영산회상』
(시집),『사바는 연꽃세상』(시집)을 펴낸 바 있으며, 이 책은 다섯
번째 신행시집이다. 그야말로 마음이 움직이는 대로 쓴 시들이
기에 현란한 기교나 수사는 없을지라도, 노보살의 신행에 대한
치열함과 부처님에 대한 절절한 마음, 인생의 황혼을 맞는 소회
등이 고스란히 묻어난다.

노보살 일진행의 아름다운 일몰

초판 1쇄 인쇄 2013년 12월 24일 | **초판 1쇄 발행** 2013년 12월 30일
지은이 일진행 | **펴낸이** 김시열
펴낸곳 도서출판 운주사

　　　　(136-034) 서울 성북구 동소문동 4가 270번지 성심빌딩 3층

　　　　전화 (02) 926-8361 | 팩스 0505-115-8361

ISBN 978-89-5746-365-9　03810　　값 10,000원

http://cafe.daum.net/unjubooks 〈다음카페: 도서출판 운주사〉